LE BONHEUR

DES PEUPLES.

POËME AU ROI.

Tu Marcellus eris. . . . . *Virg. Æn. L. VI.*

PAR M. DE VOLLANGE.

A PARIS,

Chez MONORY, Libraire de S. A. S. Monseigneur
le Prince de Condé, rue de la Comédie Françaiſe.

M. DCC. LXXIV.

LE BONHEUR
DES PEUPLES.

Au milieu des humains cherchant la folitude,
De l'art de vivre heureux faifant ma feule étude,
J'échappois au vulgaire, & fuyois le fracas:
L'utile vérité conduifoit tous mes pas.
Les droits des Nations, les loix, la paix, la guerre
Travailloient les mortels, & ne m'occupoient pas.
Et réfléchiffant peu fur le fort des Etats,
Je ne me mêlois point de gouverner la Terre.
Tandis que les Guerriers s'élancent aux combats,
Las enfin de gémir de ces triftes débats,
Je repofois tranquille au bruit de leur tonnerre.

Laissant aller ainfi le cours de l'Univers,
A peine je portois mes regards fur la fcène;
Quand mille cris perçans, répandus dans les airs,
Ont femé l'épouvante aux rives de la Seine.

O Dieu! qu'avons-nous fait? Défarme ton courroux :
Tu vois couler nos pleurs, tu preffens nos alarmes;
Au pied de tes Autels, nous tombons à genoux :
Dieu puiffant, venge-toi; mais ne frappe que nous :
Réferve ton amour pour l'objet de nos larmes.
L'arrêt eft prononcé; nos vœux font fuperflus...
Sur le Palais des Rois, je vois tomber la foudre :
L'Oracle s'exécute & le Trône eft en poudre ;
La Mort vole, paroît, frappe.... Louis n'eft plus.
Ce Héros tant pleuré, dans les jours de fa gloire,
Quand fur lui le trépas alloit lancer fes traits,
Il fuccombe à ce coup dont gémit le Français.
Il ne nous refte plus qu'à chérir fa mémoire;
Notre *Roi Bien-Aimé* difparoît à jamais.

Tu nous vois accablés du poids de tes vengeances :
Grand Dieu! confole nous dans ces momens d'effroi.
Quand ton bras tout puiffant enlève notre Roi,
Pour calmer nos douleurs, flatte nos efpérances.
Détourne enfin l'orage, il menace toujours,
Même au fein de fon deuil, d'éclater fur la France.
Ceffe, ô Dieu! c'eft affez fignaler ta puiffance,
De tes bontés pour nous fais renaître le cours.

Nos vœux font exaucés : il conduit jufqu'au Trône
Un Prince vertueux qu'il forma de fes mains,
Tel que le Ciel avare en accorde aux humains,
Et qui femble aujourd'hui ne porter la couronne,
Que pour veiller toujours fur nos heureux deftins.

O Peuples ! un bon Roi , de Dieu même est l'image.
Les célestes vertus reposent dans son cœur ;
Celui de ses sujets vole sur son passage ,
Et mille cris d'amour annoncent leur bonheur.

O JEUNE SALOMON, qui régis cet Empire ,
Après ces coups du Ciel tu relèves les Lis.
Plus hâtive en son cours, la sagesse t'inspire ,
Et tes nobles desseins étonnent nos esprits.

O NOUVEAU TÉLÉMAQUE , à la raison docile ,
Ta jeunesse écouta les leçons d'un Mentor ;
Et maintenant dans l'âge, où l'on veut être Achille ,
Qu'il est beau de te voir prudent comme Nestor.
La saison des plaisirs, l'éclat du diadême ,
Leurs prestiges flatteurs n'ont point séduit tes sens.
Tu fais ta seule étude, au matin de tes ans,
De penser au bonheur de ce Peuple qui t'aime.
Tels on se plut à peindre , en des temps fabuleux ,
Les Dieux qui descendoient du séjour du tonnerre ,
Visitoient les Mortels, conversoient avec eux ;
Ils les rendoient meilleurs, & ne quittoient la Terre
Qu'avec le doux plaisir d'y laisser mille heureux.

MENSONGES des humains, qu'on se plaît à décrire ,
Vous serez surpassés par la réalité.
Un Roi même en cet âge, où tout veut nous séduire ,
Sur le Trône, où souvent s'endort la Volupté,
Dans l'art de gouverner ne songe qu'à s'instruire.

Son cœur, fans paſſions, cherche la vérité;
Ce n'eſt que pour le bien qu'il brûle & qu'il ſoupire.
Le faſte des Cités, la misère des champs
N'aguères révoltoient & pénétroient ton âme;
S'allumant dans ton fein, une céleſte flamme
Vivement te peignoit l'ouvrage de ton temps.

MAIS tu fus déchiré par la ſcène effrayante
Où la mort entraîna ton Aïeul au tombeau.
La fortune en ce jour, décevant ton attente,
Te fis verſer des pleurs ſur le rang le plus beau;
Alarma ta jeuneſſe; &, d'une main tremblante,
Tu reçus de ſes mains le ſceptre & le bandeau.
« Grand Dieu! t'écrias-tu, j'adore ta juſtice.
» Tes bras, bien jeune, hélas! me placent ſous le dais.
» L'appareil des grandeurs n'eſt pour moi qu'un ſupplice:
» Du talent de régner j'ignore les ſecrets;
» Sous les fleurs du chemin je vois un précipice;
» Répans de ton éclat ſur les pas que je fais.
» Soutien de cet Empire, ô Dieu! fois moi propice.
» O Souverain des Rois! ô Bonté protectrice!
» De ce ſceptre accablant allége-moi le faix ».

TU MONTES ſur le Trone; &, recevant les rènes,
Tu peins ingénument tes craintes & tes peines;
Un écrit honorable appelle M.......
Les Sages à l'envi vont partager tes chaînes:
La Bonté va tenir le timon des Etats.
Quand un Monarque humain & rempli de ſageſſe

Gouvernoit les Hébreux au nom de l'Éternel,
Aux rives du Jourdain, mille chants d'alégreſſe
Annonçoient les tranſports du Peuple d'Iſraël.
Les Cieux étoient charmés de ces cris de tendreſſe.
O Prince bienfaiſant que nous donne le Ciel !
Vois tes Français épris d'une ſemblable ivreſſe,
Preſſentant les douceurs de ton règne immortel.
O Sion ! ces beaux jours, où renaiſſoit ta gloire,
Jours, où la piété relevoit tes autels,
Ils ſembloient n'être plus que dans notre mémoire :
Mais un Roi les rappelle au milieu des mortels.

Sous ſes pas deſtructeurs le Temps foule le Monde,
Et parcourt un long cercle en formant un bon Roi.
Trop heureux les Sujets qui vivent ſous ſa loi :
Ils ont tout le bonheur de la terre féconde.
Dans Thèbes autrefois des Peuples attendris,
Cultivant les Beaux-Arts, au ſein de l'opulence,
D'un Roi plein de juſtice adoroient la puiſſance,
Et recevoient en paix les loix de Séſoſtris.
Quand Lycurge dans Sparte & Solon dans Athène,
Dictèrent ces ſtatuts, les Oracles des Rois,
La Grèce prit l'eſſor, domina ſur la ſcène,
Et le Monde étonné ſe ſoumit à ſes loix.
On vit Numa dans Rome invoquer leur ſageſſe ;
La Reine des Cités s'enrichir de la Grèce,
Et bientôt ſous ſon joug tout plier ſous les Cieux.
Mais Trajan & Titus, Antonin, Marc-Aurèle
Illuſtrèrent bien plus cette Ville immortelle ;

L'amour les éleva jufques au rang des Dieux.
L'heureufe apothéofe étoit leur récompenfe.
O Clovis! ô Louis! vous Princes bienfaiteurs,
Qui montrâtes chez nous l'équité, la clémence;
Moiffonnés par le temps, vous vivez dans nos cœurs.
Vous qui faifiez jadis le bonheur de la terre,
Qui goûtiez dans ce foin les charmes les plus doux,
Un Louis nous gouverne; il vous réunit tous.
Cet aftre à fon lever refplendit de lumière;
Il devient notre amour, notre Dieu tutélaire;
O mânes des bons Rois! n'en foyez point jaloux.

FRANCE, tu vas briller de ta fplendeur première.
Vois ton Maître nouveau jufte Réformateur,
Politique éclairé, fage Légiflateur,
D'un plan judicieux embraffer la carrière,
Et de tous nos abus fe montrer le vengeur.
Nous vîmes trop long-tems l'orgueilleufe licence,
Des plus faintes vertus renverfer les Autels;
Le vice triomphant immoler l'Innocence;
L'aveugle Opinion féduire les Mortels.
Nous vîmes trop long-temps l'affreux libertinage
Semer les préjugés, répandre les erreurs;
Et faifant adopter fes dogmes impofteurs,
De la Religion déshonorer l'image;
Et foulant à fes pieds fes plus juftes terreurs,
Vouloir par mille excès éternifer notre âge.

REDOUTEZ déformais le plus fage des Rois,

Hardis fabricateurs d'un abfurde fyftême ;
Obfervateur zèlé d'un culte faint qu'il aime,
Il voit vos attentats, & relevant leurs droits,
Il peut venger le Ciel & fon Maître fuprème.
Infâmes Courtifans, lâches adulateurs,
Serpens, qui ne cherchez, dans vos jeux, vos foupleffes,
Qu'à tromper les bons Rois .... Fuyez, ô corrupteurs.
Vous qui vous élevez par de viles baffeffes,
Ambitieux mortels ! O Vifirs oppreffeurs,
Qui de cent malheureux faifant couler les pleurs,
Aux dépens du Public, entaffez des richeffes,
Redoutez votre Maître & fes regards vengeurs.
Menfonge, intrigue, envie, ô vous enfans du Crime,
O vices des pervers qui rampent dans les Cours ;
Voyez, craignez, fuyez la clarté de ces jours,
O fléaux des humains, retournez dans l'abyfme.

Tu BANNIS de ta Cour le fafte féducteur ;
Mais fa fimplicité que le fage contemple,
O Roi, le touche plus qu'une vaine fplendeur :
Elle peint l'amitié, la décence, l'honneur.
Un jeune Roi qui donne un auffi rare exemple,
Travaille pour fa gloire & la feule grandeur.

ON S'ATTENDRIT à voir la fage économie,
Dont ton Peuple lui feul recueillera les fruits.
Un jour, peut être un jour, cette pompe ennemie,
Et ce luxe par qui les Etats font détruits,
Ce luxe, vain objet d'une utile induftrie,

Cefferont d'éclater à nos yeux éblouis ;
Et l'on verra règner plus d'ordre & d'harmonie.
Tu parles, à l'inftant tout à repris la vie.
Ta promeffe a rendu le crédit renaiffant.
Le Citoyen tranquille à tes juftes mefures,
Des temps moins fortunés répare les injures :
Et du corps politique épuifé, languiffant,
Ton indulgente main guérira les bleffures.
Après ces temps de trouble, où des vœux différens,
Le conflit des pouvoirs fomentoient des orages :
Nous verrons fatisfaits & le Peuple & les Grands :
La concorde & la paix chafferont les nuages.

De ces jours fortunés que nous donnent les Cieux,
Les Français, pleins de joie, ont admiré l'aurore.
O jeune Souverain, qui comble tous nos vœux,
Achève le bonheur d'un Peuple qui t'adore.
Oui : ton plus bel Empire eft celui de nos cœurs.
Et toi, gage premier de fes foins bienfaiteurs,
Qui jufqu'à nos Neveux ira peindre fon ame,
Augufte monument ! traits facrés & vainqueurs !
O Décret plein d'amour ! on te lit, on s'enflamme ;
Et nos Français touchés t'ont payé de leurs pleurs.
C'eft ton cœur paternel qui fit ce facrifice :
Ta puiffance prélude en verfant des bienfaits :
O Roi ! tes premiers pas furent pour tes fujets :
Tu parus à leurs yeux fous le plus bel aufpice.
Tu vois en eux toujours tes amis, tes enfans ;
Et de ce Peuple heureux tu veux être le Père.

Un jour rien n'égalant notre fort fur la terre,
L'amour te donnera les noms les plus touchans.

Assises près de toi, foutenant ta couronne,
La Bonté, la Juftice attirent les regards :
L'Olive de la Paix, la Palme des Beaux-Arts,
Mariés dans les Lis, s'élèvent fur le Trône.
Sous le dais même on voit fiéger l'Humanité :
Le cercle des Vertus en compofe l'enceinte,
Où le Juge paraît, dans la fécurité,
Pefer tous les mortels avec égalité :
Et l'Amour en bannit les foucis & la crainte.

Oui : tes bienfaits iront chercher les malheureux,
Soutien de l'infortune, appui de l'indigence.
Revenant à ton gré, les plaifirs & les jeux
Reverront dans les champs la paix & l'abondance.
Le Bonheur y viendra du fein de tes Palais,
De ces temples fameux dont il craignoit l'azile :
L'enceinte de ta Cour, & le hameau tranquille
L'attirent tour-à-tour, le fixent déformais.

En ces temps où les Dieux, dans une paix profonde,
Habitoient fur la terre, y couloient d'heureux jours :
Ils enchantoient la vie ; & les Maîtres du monde,
Au fein de leurs bienfaits, embélifloient fon cours :
Le bien feul des mortels fut leur volupté pure.
Toujours dans fon Printems, l'indulgente Nature
Les combloit de fes dons & prévenoit leurs vœux.

O le meilleur des Rois, fous ton empire heureux,
d'un nouvel âge d'or nous verrons la peinture.

MAIS tandis que je chante, infpiré par mon cœur,
De ce règne nouveau les futures merveilles ;
Qu'annonçant aux mortels les jours de leur bonheur,
A ce noble travail je confacre mes veilles :
Que vois-je? Le Ciel s'ouvre ... à l'Empire Français
Un Dieu vient déclarer les immortels décrets.
Précédé des éclairs, affis fur les nuages,
Dans les feux il defcend des céleftes Palais ;
Il s'abaiffé, il franchit la fphere des orages.
Que dis-je? c'eft Henri ... j'ai reconnu fes traits ...
C'eft l'honneur des Bourbons, le père de la France,
Le premier des Mortels, le plus grand des Héros :
Vers notre augufte Prince, il arrive, il s'avance,
D'un air affeétueux, il prononce ces mots :

« O MON FILS, je defcends au bruit de tes louanges :
» Les vœux de tes Sujets ont pénétré les Cieux :
» La terre te bénit ; le chœur même des Anges
» Va chanter le bonheur que tu fais dans ces lieux.
» Je fuis ce Roi vanté qui gouvernai l'Empire,
» Dont le Ciel a remis les rènes dans tes mains :
» Henri-Quatre eft mon nom dans l'amour des humains,
» Je trouvois ici bas mon plus noble délire.
» Je voyois d'un même œil les Rois & les Sujets.
» Nous fommes tous mortels, & nous naiffons de même.
» Si nous avons reçu l'autorité fuprême,

» Ceux que nous commandons ont droit à nos bienfaits.

» Un Roi digne de l'être est celui que l'on aime.

» Notre bonheur n'est point dans un éclat pompeux,

» Ni dans ces champs fatals, où triomphe la Guerre.

» La gloire des Guerriers a des retours fâcheux :

» Mais un Roi pacifique est un Dieu sur la terre ;

» Celui qui vit en paix, rend seul le monde heureux

» Mon Fils, ces vérités avoient touché mon ame :

» J'aurois du Laboureur adouci le destin :

» J'adorois mes Sujets ; un Monstre, un Assassin,

» Aux plus beaux de mes jours, en vint rompre la trame.

» Je n'en accuse point ce Peuple généreux,

» Qui porte à son Monarque un amour pur & tendre ;

» Et qui versant des pleurs sur mon sort malheureux,

» Aux pieds de ma statue aime encor à se rendre :

» Je suis assez vengé par ses cris douloureux.

» Mais à tant de bonheur aurois-je du prétendre ?

» Je vais revivre en toi, reprends tous mes projets.

» Je vois sur tous les fronts l'ardeur qui se déploye.

» Tu fais déjà verser à tes nouveaux Sujets

» Des larmes de tendresse, & des larmes de joye.

» Tu leur feras goûter les douceurs de la paix.

» Ferme toujours l'oreille aux Complaisans perfides :

» Ils endorment leur Maître au sein des voluptés,

» Profitant du sommeil, ces Ministres avides

» Dévorent de l'État les trésors écartés,

» Et consomment enfin leurs complots homicides

» Surmonte la molesse, & lis dans l'avenir.

» Sur le bien des mortels notre gloire se fonde.

» La mort de leurs grandeurs semble un jour les punir,

» Ces Rois qui se plongeoient dans l'ivresse profonde,

» Elle anéantit tout, jusqu'à leur souvenir.

» Mais plus heureux l'on voit les bienfaiteurs du monde

» Au-delà du trépas, se survivre, & jouir.

» Leurs vertus sur le temps remportent la victoire.

» Enflamme ton courage au récit de leurs faits.

» Relis souvent leurs noms consacrés dans l'Histoire,

» Ainsi ton Père encor devint cher aux Français;

» Et, victime du Sort, emporta leurs regrets.

» Ton Empire est tranquille : une horrible Furie,

» La Ligue, qui long-temps me disputa mes droits,

» Qui déchira long-temps le sein de la Patrie,

» Et du pied des Autels alloit frapper ses Rois,

» N'empoisonnera point le bonheur de ta vie :

» Pour te bénir sans cesse, on n'aura qu'une voix.

» Renonce, ô mon cher fils, à la gloire des armes.

» Craignant pour son vaisseau l'Océan agité,

» Du calme, un bon Pilote, aime à sentir les charmes:

» Il prévient le courroux de Neptune irrité.

» Ta sage prévoyance a banni mes alarmes:

» J'entrevois le long cours de ta prospérité:

» J'applaudirai du Ciel : à la Postérité,

» Ta mémoire & ton nom attacheront des larmes. «

Le Héros dit ; soudain, remontant vers les Cieux,
Il échappe aux regards dérobé dans la nue ;

Et Louis pénétré le cherche envain des yeux;
Ce Fantôme éclatant disparoît à sa vue.
Plein d'amour il s'écrie : » ô Divin Protecteur!
» O Roi, que le Français idolâtre & révère :
» Je te rappelle en vain, tu me fuis, ô mon Père!.....
» Tes traits & tes discours resteront dans mon cœur.
» En réglant les destins de ton peuple fidèle,
» Animé des transports que tu fis naître en moi,
» Je te consulterai; tu seras mon modèle :
» Songeant à mes Sujets, j'aurai les yeux sur toi.
» Si je fais leur bonheur; dans leur reconnoissance,
» Je verrai comme toi ma gloire & tous mes biens.
» O Bourbon, à mes vœux, alors unis les tiens.
» Trop heureux, si du Ciel éprouvant l'indulgence,
» Je pouvois tous les voir au sein de l'abondance,
» Verser de tendres pleurs, sentir couler les miens,
» Auteur de ces beaux jours, j'aurois ma récompense:
» Et l'amour le plus pur serreroit nos liens «.

ALORS fixant aux Cieux ses humides prunelles,
Le Prince est enflammé de cette vive ardeur,
Qui semble élever l'homme au sein de son Auteur :
Quand le Dieu qui préside aux voûtes éternelles,
Et d'un coup d'œil parcourt les substances mortelles,
Voit Louis, & répand la force dans son cœur.

O FILLE DES CÉSARS, quand le Dieu d'Hymenée
Des rives du Danube, au sein de nos climats,
Vint en pompe à Louis unir ta destinée;

La joye & le bonheur ont paru fur tes pas :
Ta préfence charma la France fortunée :
Tu vis ce Peuple heureux contempler tes attraits :
Il vole à ta rencontre, Antoinette, il t'adore :
Il grave dans fon cœur tes vertus & tes traits,
Pour mieux s'en pénétrer, il te revoit encore :
Cet empire fi doux, exerce-le à jamais.
Plus brillante à nos yeux, & chaque jour plus chère,
Regarde tes fujets enchantés & ravis.
Tu parois affurer les beaux jours qu'on efpère.
En t'invoquant toujours, tous nos cœurs font faifis.
C'eft la bonté qui fiège au Trône où tu t'affis ;
Tu nous y peins les traits de ton augufte mère.

Antoinette ! ô Louis ! vous Epoux vertueux,
D'une chaîne facrée, annobliffez les nœuds.
Tous les yeux font ouverts fur le rang où vous êtes :
Puiffe-t-elle à jamais rendre vos jours heureux :
Nous la béniffons tous pour le bien que vous faites.
Les Grâces, les Plaifirs, qu'accompagnent les jeux,
Accourent fur vos pas, de fleurs ceignent vos têtes ;
Hymen & les Amours, qui protègent vos feux,
Allumant leurs flambeaux, vont fourire à vos fêtes.
Puiffe de votre Hymen, des gages fortunés,
D'âge en âge porter votre heureufe mémoire :
Et fages comme vous, Citoyens couronnés,
Dans les fiècles futurs affurer notre gloire.

Reprenez, il eft temps, vos accords fufpendus,

Mufes, filles des Cieux, filles de Mnémofine;
Revenez fous les loix du moderne Titus :
O doctes Sœurs, montez votre Lyre divine :
Célébrez dans vos chants le règne des vertus :
Rappelez-vous alors votre augufte origine ;
Et formez ces concerts de l'Olympe entendus.
Vous chériffiez nos bords, ô Nymphes adorées,
Quand le fort confpiroit à la fplendeur des Lys.
Déeffes, revenez embellir ces contrées :
Faites fleurir encor le fiècle de Louis.
Dictez encor vos Loix fur les bords de la Seine :
Sur le Pinde Français, abaiffant vos regards,
Venez nous enflammer dans le Temple des Arts.
Ennivrez-nous toujours des Eaux de l'Hyppocrène.
Ranimez parmi nous, dans vos jeux ingénus,
Les Pinceaux, les Crayons, la Lyre des Orphées,
Le Burin, les Cifeaux, & le chant des Linus :
Aux yeux des Nations, élevez nos trophées.
Montrez à l'Univers la gloire des Français;
Rendez-nous ces beaux jours qu'illuftra le Génie;
Créez pour les humains des plaifirs fans regrets ;
Des Talens fortunés fecondant les progrès,
Enchantez les mortels, & confolez la vie.
De nos Maîtres chéris, vifitez le féjour :
Dites-leur que fans vous la gloire eft peu durable ;
Que c'eft vous qui d'un Peuple éternifez l'amour,
Et gravez dans les cœurs un règne mémorable.
O Mufes! Trop heureux, fi parmi vos Amans,
D'un art aimé du Ciel, empruntant le langage,

Des François pénétrés, j'ai peint les fentimens;
S'il les éprouve encore, en lifant mon Ouvrage!

O MON MAÎTRE, en ces jours, à tes Peuples fi chers,
Où le Deftin t'élève aux yeux de l'Univers,
Je n'ai point invoqué les Nymphes de la Lyre :
Si je mêle, en tremblant, ma voix à leurs concerts,
O Prince, j'ai fuivi le penchant qui m'infpire,
Sujet refpectueux, j'adore ton empire;
L'Amour feul a dicté l'hommage de mes vers.

Lu & approuvé à Paris, ce 16 Juillet 1774. MARIN.

Vu l'approbation permis d'imprimer ce 16 Juillet 1774.
DE SARTINE.

De l'Imprimerie de MICHEL LAMBERT, rue de la
Harpe, près Saint Côme 1774.